# Amigos del otro lado

# Amigos del otro lado

*Ana Luisa Anza Costabile*

EDICIONES CASTILLO

S.A. DE C.V.
MONTERREY
NUEVO LEON
MEXICO

Coordinación del Premio de Literatura
Infantil y Juvenil Castillo de la Lectura:
*Patricia Laborde*

Editores responsables:
*Sandra Pérez Morales y Víctor Hernández Fontanillas*

Diagramación y formación:
*Leonardo Arenas Beltrán y Pablo E. Castillo Medina*

Ilustraciones:
*Eddie Martínez Gómez*

© Derechos reservados por la autora:
**Ana Luisa Anza Costabile**

*Amigos del otro lado*

© Primera Edición 2000
Ediciones Castillo, S.A. de C.V.
Priv. Fco. L. Rocha, No. 7,
Col. San Jerónimo, C.P. 64630
Apartado postal 1759,
Monterrey, Nuevo León, México
e-mail: castillo@edicionescastillo.com
www.edicionescastillo.com

Miembro de la Cámara Nacional
de la Industria Editorial Mexicana,
Registro núm. 1029.
ISBN: 970 20 0130-7

Impreso en México
*Printed in Mexico*

# I

Si no hubiera sido por unos tacos de cochinita pibil, Tomás y Clemente jamás se habrían conocido.

Quizá alguna vez hubieran pisado el mismo suelo, o contemplado uno al lado de otro algún escaparate, o comprado un helado al mismo paletero. Pero eso hubiera sido poco probable. Y, aunque tenían cosas en común, el mundo que los rodeaba era bien distinto.

Ambos tenían nueve años, soportaban a una hermana en plena edad de la punzada, adoraban los reptiles, se les hacía agua la boca con un buen taco al pastor (o más de uno), y consideraban que irse a dormir temprano era el peor castigo.

Pero sobre todo, algo más los hacía semejantes: ambos eran mexicanos y ahora vivían del otro lado. O sea, sus familias se habían trasladado a Estados Unidos.

Y ahí empezaban sus diferencias.

Mientras Tomás estaba casi recién llegado a ese país, Clemente había pasado ahí la mitad de su vida.

Si Tomás había aterrizado en el moderno aeropuerto de Los Ángeles como hijo de un profesor invitado por una universidad de prestigio, Clemente había pasado la frontera como "ilegal", o sea, sin pasaporte, ni visa, ni permisos, ni dinero.

Y en lugar de avión, había cruzado la frontera en hombros de su padre... de noche ocultándose de la policía fronteriza estadounidense.

La familia de Tomás había vivido siempre en la Ciudad de México, en una moderna colonia residencial, con tres comidas al día y dulces para aventar para arriba.

Había acudido a escuelas en las que aprender una nueva lengua, inglés o francés, era absolutamente obligatorio.

Clemente, en cambio, había pasado sus primeros años en Itzachi, una población de 30 casas perdida en la sierra de Oaxaca, a la que se tenía que llegar a pie, después de haber pasado seis horas en un camión de segunda clase desde la capital del estado.

Comía tres veces al día frijoles y tortilla, no había probado mas que los caramelos de azúcar con hierbabuena, y en su casa y en la escuela se hablaba una sola lengua: el zapoteco. El español, al que todos en el pueblo llamaban castilla, lo aprendió después, cuando hubo necesidad.

De haberse quedado ambos en México, lo más seguro es que nunca se hubieran visto siquiera. Pero ahora estaban los dos en Estados Unidos, en la misma ciudad. Todo por un taco de cochinita pibil.

## II

Tomás había llegado a Los Ángeles, una extendida y famosa ciudad de California, hacía apenas dos meses.

Aunque le había costado trabajo dejar su escuela y sus amigos en México, estaba feliz en su nuevo hogar.

Desde la ventana de su recámara podía ver el mar, una serie de coloridos puestos de comida rápida en la playa y más allá, el perfil de los enormes edificios que albergaban los centros comerciales.

"Y lo mejor", pensaba, "Disneylandia está a sólo media hora, así que ir allá será como ir a la feria de Chapultepec cada domingo".

La verdad es que mientras vivió en México, si acaso fue tres veces a la feria. Pero prefería pensar que tenía Disneylandia al alcance de la mano.

En la nueva escuela no tuvo problemas. Aunque al principio le pareció extraño tener que oír de operaciones matemáticas en inglés, se adaptó rápidamente.

Desde la primera semana, hizo algunos amigos, aunque en el fondo les veía un defecto: no tenían idea de lo que era echarse una "cascarita" y su manera de jugar futbol, pensó, era siguiendo demasiadas reglas.

—No sé, tal vez llegue a gustarme más el futbol americano —se dijo, aunque todavía no acababa de entender qué era un primero y diez, un gol de campo o las yardas de castigo.

Los primeros días estuvo feliz, engullendo cuanta hamburguesa, pollo frito y papas a la francesa encontró a su paso. Luego sus tripas empezaron a extrañar el sabor de unos buenos tacos y especialmente la sazón de una sopa de fideos o un arroz a la mexicana.

Y lo que empezó en el estómago se le fue al corazón. Tomás extrañaba su país.

Fue una clase de historia la que le dio la idea. Tomás sabía que esa parte de Estados Unidos había sido alguna vez México.

—Lógico, de ahí los nombres en español: Los Ángeles, Santa Ana, El Pueblito —aclaró en su mente. Lógico, sí, pero nunca antes lo había pensado.

El maestro les fue platicando la historia. Y entonces, Tomás supo que en el centro de Los Ángeles había un barrio mexicano y que además, la zona este de la ciudad estaba poblada por sus paisanos.

Durante toda la semana se dedicó a pedir, exigir, suplicar a sus padres que lo llevaran al barrio mexicano.

—Lo siento, chiquito —le dijo Alina, su hermana—. Ya habíamos quedado que este fin de semana iríamos a conocer Hollywood.

Tomás ya sabía que Hollywood era una ciudad dentro de la ciudad, famosa por ser la sede del cine estadounidense. Y eso lo tenía absolutamente sin cuidado.

Y es que no entendía la afición de Alina por el cine, o más bien, por los actores. Desde que llegaron a Los Ángeles, su hermana se había dedicado a decorar su recámara con carteles de películas, fotos de artistas y a probarse ropa y ensayar peinados espectaculares.

—No te vas a encontrar a ningún artista famoso —amenazaba Tomás para hacerla enojar.

La discusión sobre el fin de semana duró poco: quizá los padres de Tomás también se habían dejado invadir por la nostalgia, el caso es que el sábado en la tarde enfilaron todos, incluida Alina y su cara de desagrado, hasta el barrio mexicano.

## III

Ese mismo día, Clemente estaba asustado.

Había tenido que llevar unas muestras del trabajo que estaban haciendo en su casa a uno de los clientes en el este de Los Ángeles. Y la policía se le había acercado.

—¿Qué llevas en las bolsas, niño? —le preguntó uno de los uniformados.

—Ropa para mi tía —respondió.

Eso había sido todo. Clemente no tenía nada que ocultar. Se lo habían explicado mil veces: ya tenían los papeles, la *green-card* se llamaba, para poder vivir en ese país. Pero no podía evitarlo: en cuanto veía a un uniformado, así fuera un bombero, Clemente se asustaba.

Para sus años en Estados Unidos, Clemente ya debería estar acostumbrado a lo que era la vida desde que habían dejado de ser "ilegales".

Podía trabajar y vivir normalmente. Y aun en la época en que todavía no conseguían los papeles, tampoco era para estarse preocupando tanto, ni que los agentes migratorios estuvieran todo el día buscando indocumentados, o sea mexicanos sin permiso, por todos lados.

A lo mejor las bolsas llamaban demasiado la atención, pensó. Y entonces se metió al baño de un mercado, sacó varias de las camisetas que contenían las bolsas y se fue poniendo una a una.

Cuando ya casi parecía un globo, salió del baño para seguir su camino, pero estaba cansado y tenía hambre, así que no pudo resistirse al aroma de tacos del local. Y decidió probar uno de cochinita pibil. Al cabo tenía algunas monedas y aún le alcanzaría para entregar las camisetas y pagar el camión de regreso.

Cuando llegó al puesto de comidas se sintió observado. Otra vez la nerviolera.

¿Y si eran unos de la migra ahí medio perdidos en el barrio mexicano y lo obligaban a delatar a algún familiar recién llegado? ¿Y

si se le iba el habla y se lo llevaban a un orfa-
natorio? Y lo peor de todo, ¿y si lo llevaban
de regreso a la frontera y no avisaban a su
familia?

Clemente sentía una mirada clavada en la
espalda. Pero como dice el dicho, al mal
paso darle prisa, así que Clemente volteó.

No era un agente, ni un policía y ni siquiera estaba uniformado. Un niño de su misma edad lo miraba con ojos de admiración.

## IV

Tomás había entrado al barrio e inmediatamente se había sentido en casa: el este de
Los Ángeles era México.

En lugar de los restaurantes que se identi-
ficaban con un señor bigotón con barbas de
chivo que ofrecía crujiente pollo empaniza-
do, encontraron rosticerías y hasta pollos
asados al brasero.

En lugar de los locales de la gran M, había
un puesto de hamburguesas al carbón.

Y lo mejor: una panadería exhibía en su
escaparate conchas, semitas, moños, orejas,
cocoles, piedras, chochitos y hasta bolillos.

Había una vulcanizadora con un gran
anuncio pintado a mano, que presumía el

nombre del taller: *El mero fregón*, se llamaba. A Tomás le hizo mucha gracia y hasta pidió tomarse una foto con el mecánico.

En plena banqueta encontró a un zapatero remendón, con su cartelito hecho a mano, y a dos o tres boleros que gritaban "¡grasa, joven!", como si se hubieran quedado en otros tiempos más antiguos en México.

Había mucha gente en la calle. Hasta entonces, Tomás se dio cuenta de que en Los Ángeles podía verse a muy pocas personas en aceras y banquetas. Estar en el este de Los Ángeles era como oír el bullicio normal de un sábado en cualquier ciudad de México.

Ya cuando se disponía a volver a casa a cenar, se oyeron las notas del mariachi.

La verdad es que a Tomás jamás le había interesado la música mexicana. Pero reconocer los acordes de *El rey* hizo que se le hiciera chiquito el corazón. Hasta Alina quitó su cara de agria —como le decía su padre sonriente—, y se emocionó.

Siguiendo la música llegaron al interior de un mercado, donde las marchantas gritaban el precio de su mercancía y acomodaban frutas y verduras como verdaderas obras de arte multicolor.

—¡Zanahoria a cincuenta centavos kilo! —decía una.

La mamá de Tomás, que se llamaba Rosita, se emocionó.

—¡Qué barata! —dijo mientras llegaba junto a la marchanta, dispuesta a aprovechar la oferta.

Lo que sea de cada quien, la mamá de Tomás era una auténtica cazadora de precios y le había dado por coleccionar los folletos de los supermercados y los cupones de descuento.

—Está en dólares. Son cincuenta centavos de dólar, pichoncita —le dijo Santiago, el padre de Tomás.

La llamaba así, pichoncita, sólo cuando estaba muy de buenas y amoroso, o cuando pensaba que su mujer la estaba regando. Es decir, cuando "hacía el oso", solía decir Tomás.

De cualquier forma, la mamá de Tomás compró cuatro kilos. Nada más le faltaba su bolsa de ixtle para el mandado para estar feliz.

Tomás pensó que tendría que soportar al menos una semana con crema de zanahoria, zanahorias hervidas y pastel de zanahoria.

Al fin llegaron a un local interior. Había largas mesas cubiertas por manteles plásticos con estampados de flores y la música de los mariachis lograba un mayor volumen que el ruidero de los platos en la cocina.

—Pues nos quedamos a cenar —dijo el profesor Santiago en cuanto sintió el aroma de la barbacoa.

Y es que el papá de Tomás era un cazador profesional de barbacoas, dispuesto a viajar hasta el más recóndito pueblo de México que le hubiera sido recomendado.

Y se quedaron a cenar, felices de contemplar un menú en español, dedicado a la cocina mexicana.

El problema fue escoger: había burritos, sopes, memelas, quesadillas de queso y no de queso (Tomás nunca había entendido cómo un taco de flor de calabaza podía llamarse quesadilla de flor), barbacoa, carne en chipotle y en guajillo, sopa de fideos y de tuétano, aguas de jamaica, tamarindo y horchata, todo listo para ser condimentado con las salsas verdes y rojas que había en cada mesa. Había hasta chiles jalapeños y habaneros.

Tomás eligió un plato de cochinita pibil. Y entonces vio a Clemente.

## V

Tomás miraba admirado hacia el puesto de comida. Tanto, que ya casi ponía su cara de bobo, la que le criticaba todo el día Alina.

—¿Qué?, ¿viste a algún animal, cucarachas o ratones o algo así? —le preguntó su hermana, sintiéndose mareada ante la posibilidad de que algún bicho rastrero paseara cómodamente por la cocina del mercado.

—El niño globo —dijo Tomás.

La verdad es que Clemente era malísimo para no llamar la atención. Se había puesto tal cantidad de camisetas encima, que la mitad de su cuerpo parecía inflada y voluminosa, y la otra mitad eran apenas los dos hilillos flacos de sus piernas.

Pero lo que Tomás veía fijamente era la última camiseta que Clemente se había puesto: de un color verde perico, tenía bordadas en la espalda las figuras de casi todos los personajes de Disneylandia. Y su favorito, Tribilín, estaba justo en el centro.

Alina se dedicaba a burlarse de los gustos infantiles de su hermano. Pero Tomás no podía evitarlo y le era fácil combinar su pasión por el futbol, con largas horas frente a la tele viendo videos de música en inglés y jugar con su colección de figuras de personajes de las caricaturas.

—Es una obra de arte —dijo Tomás, imitando el tono de profesor de universidad que a veces adoptaba su padre cuando hablaba de cosas muy serias.

Como no hubo respuesta al comentario y además era obvio que el otro niño se había dado cuenta de su mirada, Tomás se acercó a Clemente.

—Oye, ¿dónde compraste esa camiseta? Está padrísima —le dijo, a manera de saludo.

—Yo las hago —dijo Clemente, quien no vio peligro alguno en hablar con otro niño y sí la oportunidad de presumir el trabajo del que se sentía tan orgulloso.

Tomás abrió la boca. Era otra cosa que no podía evitar: abrir la boca era un signo de admiración. Entre más la abría, más admirado estaba.

Sintiéndose en confianza, Clemente le platicó todo; bueno, como en un resumen.

Que venía de un pueblo indígena de Oaxaca, que había pasado la frontera sin pasaporte, que cuando llegó no sabía hablar español, que su familia trabajaba en una maquila de ropa, que esto era un taller de costura que bordaba camisetas para varios parques de entretenimiento y centros turísticos, que él era el encargado de llevar las camisetas a los clientes mayoristas, que se desplazaba solo por la ciudad...

Cuando terminó su relato, Tomás no podía cerrar la boca. Y los tacos de cochinita se enfriaron en su plato.

# VI

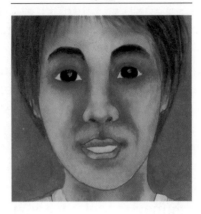

Clemente no vivía en Santa Mónica, como Tomás. Ni siquiera en el este de Los Ángeles. Para llegar a su casa tenía que atravesar varios condados, hasta encontrar un letrero con el nombre de Compton.

Su casa estaba justo en medio de la cuadra, toda una hilera de viviendas parecidas unas a otras, un tanto despintadas y con jardines descuidados.

En la casa de junto, vivía una familia negra muy simpática y en la del otro lado, lograban acomodarse tres familias, también mexicanas, pero del estado de Hidalgo.

En el interior de su casa, la sala había desaparecido. En lugar de sillones, mesas de centro y adornos, había cuatro máquinas de coser en las que en ese momento trabajaban su padre, su madre, su tía Benita y la hermana de Clemente, Elodia.

Amontonadas en todas las esquinas, había pilas de tela cortada de una manera singular: en la esquina que daba a la ventana había un montón de mangas, en la de enfrente cuellos, y en las otras dos, espaldas y frentes de camisetas aún sin coser.

En una de las habitaciones, otras tres mujeres originarias del mismo pueblo de Oaxaca, cosían los bordados con las figuras que Tomás tanto había admirado. Mientras le daban duro a la aguja y a hilo, platicaban tranquilamente en zapoteco y soltaban una que otra carcajada.

Cuando Clemente llegó, empezó a dar explicaciones por su tardanza. Nadie se las había pedido, porque sabían que era un hijo responsable y trabajador.

Su padre, don Cipriano, oyó con toda calma el relato de Clemente. El niño estaba fascinado: por primera vez en toda su vida en Los Ángeles, había conocido a un niño de fuera del barrio que, además, tampoco pertenecía al círculo de paisanos zapotecas que siempre frecuentaban. Es más, el tal niño, Tomás, ni siquiera era indígena y

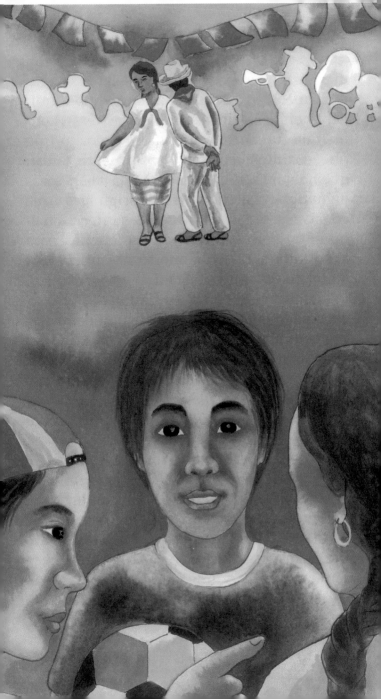

tampoco sabía hablar ninguna lengua mexicana. Excepto el español, claro.

Clemente conocía a muchos niños indígenas en Los Ángeles. La mayoría eran también oaxaqueños, sólo que mixtecos, por lo que cuando jugaban, forzosamente tenían que hablar castilla. A veces se pasaban horas jugando al diccionario de originales, que consistía en comparar cómo se decía cualquier cosa en sus respectivas lenguas para discutir cuál de los nombres se parecía más al objeto del que hablaban.

—Agua se dice *nis* en zapoteco —explicaba Clemente. Y entonces los niños mixtecos entraban en una discusión porque les parecía que *chi kui*, que era agua en mixteco, tenía más semejanza con el elemento del que hablaban.

—Pues no, *nis* suena más líquido —concluía Clemente.

La mayor parte de los fines de semana, se la pasaban en reuniones con otras familias zapotecas en las que no se hablaba una sola palabra de español, mucho menos de inglés.

En esas reuniones; discutían asuntos importantes de su pueblo en México, porque la mayoría de los amigos zapotecas eran no sólo de la misma región sino del mismísimo Itzachi.

Organizaban fiestas con música de banda, reuniones para recabar fondos para la escuela, para reparar el altar de la iglesia o para arreglar el piso de la cancha de basquetbol.

No importaba si tenían años de no haber pisado México. Ellos discutían los asuntos del pueblo como si estuvieran viviendo allá y se divertían muchísimo al enterarse de los últimos chismes entre los habitantes.

Por eso Clemente estaba emocionado. Había conocido a otro niño mexicano, pero éste tenía algo diferente.

## VII

Tomás no paró de hablar de Clemente, desde que volvió a la mesa del mercado con sus padres, hasta que llegaron de nuevo a su casa en Santa Mónica.

Por lo general, Tomás no se entusiasmaba de esa forma cuando conocía a un nuevo amigo. Clemente lo había dejado realmente admirado.

En primer lugar, andaba solo por la ciudad y, aunque de su misma edad, ya trabajaba y ayudaba a su familia. Para Tomás, su única obligación hasta ahora había sido estudiar y sacar buenas notas, y ocasionalmente hacer su cama uno que otro domingo.

En segundo lugar, Clemente no se interesaba en lo más mínimo por el futbol porque en su pueblo se jugaba sólo basquet, y mascullaba el inglés justo lo indispensable para deambular por  Estados Unidos. Es más, hablaba una lengua que Tomás sólo había oído mencionar en alguna clase de historia de México. Clemente hasta le había dicho dos o tres frases en zapoteco, lo que lo había dejado con la boca más que abierta.

Y tercero, había conocido a un niño indígena y, aunque le daba un poco de pena confesárselo, siempre había pensado que esas culturas nada tenían que ver con él.

Ahora quería saberlo todo sobre ellos. Así que acribilló a su padre a preguntas, pero como el profesor estaba especializado en físico-matemáticas, poco pudo decirle sobre la vida de los zapotecas.

Y por último, hacía camisetas para Disneylandia, algo así como el paraíso.

Y ya como *post*-último, Clemente le había caído muy bien. Era el primer niño con el que se sentía identificado desde su arribo a ese país.

Se apresuró a anotar en una libreta el número de teléfono que Clemente le había dado.

El domingo a las ocho de la mañana, marcó el número.

# VIII

No, Clemente no podía ir a visitarlo. Su familia tenía un compromiso con los miembros de algo que llamó La Corporación.

Tomás se emocionó: el nombrecito ese parecía como el de una mafia. Pero de las buenas, se aclaró. En una fracción de segundo se imaginó a él y a su nuevo amigo corriendo desaforados a bordo de un carrazo en los *freeways* de Los Ángeles y huyendo de malosos enfundados en camisetas negras con calaveras tatuadas en los brazos y... se interrumpió la aventura mental. Demasiada tele.

Pero sí, que a Clemente sí le habían dado permiso de invitarlo a él y a su familia a la reunión de La Corporación que en realidad sería la celebración del quinceaños de su hermana Elodia.

—Te hablo en cinco minutos —se despidió Tomás. Y calculó que tenía exactamente 300 segundos para convencer a sus padres y, lo peor, a su hermana, para volver a ver a su nuevo amigo.

Tardó bastante más de 300 segundos, pero lo logró. Sus padres, a los que era bastante fácil contagiar del entusiasmo desbordante, accedieron bastante rápido.

Dado que era domingo y el profesor no tenía clases ni tareas pendientes, dado que el clima era demasiado frío para ir a la playa, y dado que ellos también tenían curiosidad por la historia de Clemente, decidieron ir.

El problema, como de costumbre, fue Alina, quien dijo que por ningún motivo iría a un quinceaños.

—Ésas son las fiestas más cursis del mundo —dijo con un gesto de fastidio.

Pero la que se fastidió fue ella, pues por-*ningún-motivo* la iban a dejar sola mientras el resto de la familia acudía a la celebración.

Así que, con Alina a rastras, partieron en punto de las 12 del día hacia la dirección que Clemente les había indicado.

Tuvieron que atravesar un buen tramo de la ciudad, perderse en los *freeways*, consultar una guía que más parecía un laberinto de calles y pararse en una gasolinera a pedir instrucciones.

Cuando vieron una carroza en forma de calabaza estacionada frente a la puerta de un salón de baile, supieron que al fin, habían llegado.

## IX

Se suponía que estaban en Estados Unidos. Se suponía que ahí todo era música en inglés.

Se suponía que comerían una ensalada fría, como las que tanto disfrutaban los "americanos", y cuando mucho, un *hot dog* o una hamburguesa.

Se suponía que, por tratarse del quinceaños de una mexicana, ellos podrían hablar a sus anchas con todos los asistentes.

—Pero esto no es ni México ni Estados Unidos —dijo el profesor Santiago después de unos minutos. Estaba empezando a adoptar la misma expresión boquiabierta que su hijo, de tan admirado que estaba.

En medio de la pista de baile, tocaba una banda con su tambora, un chelo y muchas, pero muchísimas trompetas.

—Música de pueblo —se atrevió a decir Alina, porque de ninguna manera pensaba confesar que el asunto del quinceaños le estaba pareciendo atractivo.

—Y de lo mejor del pueblo —llegó Clemente, muy orgulloso, con su trompeta en la mano.

—Pero, ¿qué también tú tocas? —preguntó Tomás. Hizo un esfuerzo por mantener la quijada en su sitio.

Y Clemente se lanzó con toda una explicación sobre las funciones que tenía en su pueblo.

A él le había tocado ser músico, y era su obligación —su cargo, dijo— como para otros podría ser usar la escoba y cocinar, utilizar el instrumento en las fiestas que organizaban.

—Y cuando hay *tequio* en el pueblo, pues mi función es también tocar la trompeta —informó, como si alguien supiera a qué se refería con aquella palabrita de *tequio*.

Como a Tomás no le avergonzaba no tener idea de las costumbres del pueblo de Clemente, lo acribilló a preguntas, como era su costumbre.

ómo los dioses habían organizado a la
a.

osita, la mamá de Tomás, fue bautizada
mo *Rosa Pálido* por las cocineras.

aceptó sonriendo el apodo, y se la
notando recetas de los tamales de
co, el tasajo en salsa verde y el pan
o de leña, una delicia que había
sólo en su luna de miel, cuando
tado en Oaxaca por dos días.

ás de Clemente, Cipriano y doña
y venían atendiendo a los invi-
ron un discurso en zapoteco que,
a a la familia de Tomás, tradu-
ñol y después bailaron, bailaron

Santiago se dio cuenta de que
irse cuando la pista se quedó
an pocos invitados, las muje-
cocina y los hombres discu-
poteco.

ción debe organizar un baile
ondos y arreglar el camino
xplicó Clemente—. Pero de-
cuerdo con la gente de allá

encer a Tomás. Se negaba
Clemente a casa, o él se
a.

—El *tequio* es el trabajo que se hace por el pueblo y eso lo deciden los "principales", o sea el grupo de los viejos más sabios a los que la comunidad les pide consejo —explicó Clemente.

—Pero, ¿cómo? —preguntó Tomás—. Si no están en el pueblo, tu pueblo está allá abajo, en Oaxaca, en otro país, tú ya no eres del pueblo.

Clemente le explicó lo equivocado que estaba. Su familia y todos los zapotecas ahí presentes, eran parte del pueblo aunque estuvieran lejos.

Dicho esto, se lo llevó del brazo, le puso una trompeta en las manos y Tomás, que se apenó sólo durante exactamente un minuto, se integró a la banda procurando no soplar demasiado fuerte para que no se escuchara que desafinaba.

Elodia se acercó a Alina. La hermana de Tomás estaba en un rincón, sintiéndose el bicho más raro del mundo.

Por primera vez en su vida, no tenía idea de qué hacer y había dejado a un lado sus aires de princesa de otro mundo.

Elodia estaba muy linda, con sus largas trenzas negras enrolladas como dos coronas en su nuca, un vestido rosa chillante y un tocado de flores blancas que contrastaban con su piel morena.

A pesar de que Alina había considerado hasta entonces que la piel blanca y el pelo rubio eran de lo más *in*, la hermana de Clemente estaba muy bonita. Todos los muchachos querían bailar con ella y la trataban respetuosamente.

—Ven, pues, Alina —le dijo Elodia, quien ya se había informado de su nombre.

Y como Alina era efectivamente el bicho raro de la fiesta, no paró de bailar y hasta se aprendió un zapateado y pudo seguir los pasos del *Baile de los negritos*.

Tomás estaba eufórico. Después de participar en la banda, desapareció con Clemente al patio trasero, en donde jugaron basquetbol con otros niños de la fiesta.

Luego se desgastaron la tela del pantalón jugando a las canicas, trazaron un avión en el piso para jugar bebeleche y se divirtieron con el juego del diccionario de originales, agregándole una variante: el inglés, que Tomás dominaba mucho mejor que los demás.

De los papás de Tomás no hubo de qué preocuparse.

El profesor Santiago se enfrascó en una discusión interesantísima sobre los límites físicos del mundo con un viejecito que debía ser muy sabio y que le explicó pacientemen-

Pero el argumento fue fácil: al día siguiente, lunes, había que ir a la escuela. Ya podrían verse otro día. Y vaya si lo hicieron.

## X

Después del quinceaños de Elodia, Tomás y Clemente se volvieron inseparables.

Como en los días de escuela era difícil verse, pues Clemente debía ayudar en la confección de camisetas, aguardaban impacientemente los fines de semana.

—No comas ansias —le dijo su mamá a Tomás, el primer día que Clemente había prometido visitarlo en su casa. Era su forma de pedirle que dejara de dar vueltas de la cocina a la recámara y viceversa, comiéndose las uñas como si estuviera masticando una minibarra de chocolate.

Clemente nunca había estado en Santa Mónica. Era el barrio más elegante de la ciudad y nunca había tenido que acercarse, pues los distribuidores de camisetas estaban todos en el centro y el este.

Como iba solo, bajó del camión en la parada que Tomás le había indicado y tardó media hora en orientarse hasta que dio con la casa. Le pareció demasiado grande, pero tocó.

No tuvo que esperar ni un segundo, porque Tomás había estado parado tras la puerta y se lanzó como resorte a abrir.

Al principio Clemente se sintió un poco intranquilo. Nunca había pisado una casa tan grande, con tantas recámaras y escaleras.

—Tu casa es un rascacielos —le dijo a Tomás. Debe ser tan alta como los edificios del centro.

Tomás se atacó de risa, sabía que su amigo bromeaba. Pero también se dio cuenta de que Clemente estaba un poco cohibido. Situación que duró poco, porque Clemente se adaptó rápidamente a las dimensiones de la casa, le ganó en todos los juegos de video a Tomás, le explicó los inicios de una serie de caricaturas que él no entendía y hasta aceptó jugar futbol un ratito.

Ni tan ratito, porque Tomás acabó agotado y sudado, y con la vergüenza de haber perdido por 10 a 3 en la cascarita. Clemente era muy ágil.

Cuando agotaron todos los videojuegos y juguetes de acción, Clemente quiso ir al mar. La verdad es que en todos esos años en Los Ángeles había estado tan ocupado entre la escuela y el trabajo, que apenas había ido una o dos veces a la playa.

—Tengo que pedir permiso —dijo Tomás.

Pero no lo hizo y salió de la casa a escondidas. Dejó un recado en la cocina. Quería empezar a ser tan independiente como Clemente y al fin y al cabo, la playa estaba muy cerca.

## XI

Tomás sentía que dominaba al mundo. Era fácil andar en las calles de Los Ángeles, mucho más en las de Santa Mónica: había semáforos en cada cuadra y cada uno indicaba a los paseantes cuándo pasar y cuándo quedarse en la banqueta.

La verdad es que él nunca había salido solo a la calle. Sus papás lo consideraban muy pequeño y la Ciudad de México era demasiado peligrosa, decían. Pero eso jamás iba a confesárselo a su amigo.

Clemente, en cambio, se movía a sus anchas y hasta se daba el lujo de desobedecer a los semáforos.

—Yo nunca había visto el mar —le dijo

Clemente cuando llegaron a la playa. Mi pueblo está en la sierra y antes de venir para acá, nunca había salido de ahí, ni siquiera a la ciudad de Oaxaca.

A Tomás le parecía increíble que Clemente no hubiera conocido el mar. Mientras vivían en la Ciudad de México, él y su familia iban al menos tres veces al año a la playa, y conocía prácticamente todas: Cancún, Acapulco, Los Cabos, Mazatlán y hasta una que otra fuera de México.

—Yo sí —contestó Tomás, pero no se atrevió a platicarle de sus viajes. Se le hacía que podía parecer un presumido.

Y entonces Clemente, que hacía figuritas en la arena como si fuera un niño de cuatro años, le empezó a platicar cómo era su pueblo.

Le contó de las casas de adobe, de las cocinas en donde se cocinaba todo a leña, de la matanza de animales, de las fiestas de la candela, del *tequio* y de las celebraciones del santo patrono.

Y de cómo su familia había tenido que abandonar sus tierras de cultivo porque había habido una gran sequía y estaban pasando mucha hambre.

—Mis papás dijeron que nos veníamos para este lado —dijo Clemente. Y a Tomás le

pareció ver una lágrima como queriendo salir de los ojos de su amigo.

—Y entonces sacaron pasaporte y se vinieron para acá, como nosotros —dijo Tomás, feliz de tener algo en común con Clemente.

Pero la historia no había sido tan sencilla. Para llegar a Estados Unidos se necesitaba una visa y no le daban visa a quienes pretendían quedarse a trabajar.

Clemente y su familia habían vendido todo lo que tenían en el pueblo y habían viajado en un autobús por cuatro días hasta la frontera.

—Nos enganchamos con un "pollero" —aclaró, como si Tomás supiera exactamente a qué se refería.

No tuvo que preguntar, porque Clemente le platicó la historia, como si entonces no hubiera tenido cuatro años y como si lo estuviera viviendo otra vez.

—Los "polleros" eran personas que, aprovechando la desesperación de quienes no tenían nada, cobraban por hacerlos entrar, sin papeles, sin documentos, sin permisos, hasta Estados Unidos.

—¿Y por qué no se quedaron en México? Tal vez en Oaxaca hubieran encontrado otro trabajo —se atrevió a preguntar Tomás.

—Toda mi familia estaba acá, en Los Ángeles —le explicó Clemente. Suficiente razón.

Mientras Clemente le platicaba, a Tomás se le encogía el corazón. No que no fuera aventurero, pero viajar así, sin dinero, temiendo siempre ser detenido por la policía, le parecía una aventura demasiado difícil, sobre todo si era de la vida real.

Clemente le platicó que tras dormir en vagones abandonados de tren y viajar de noche durante tres días, su familia había logrado llegar a Los Ángeles.

—Acá ya todo fue más fácil —aclaró Clemente—. Vivimos un año con unos tíos en su casa y mi padre consiguió trabajo. Ahora ya tenemos papeles por una ley de hace unos años y ya no tenemos que andarnos escondiendo, pero la verdad a mí todavía me da miedo, no sé por qué.

Tomás estaba otra vez boquiabierto. De pensar que su mayor aventura había sido acampar en el jardín de unos amigos de sus padres, hasta sintió pena. Y se puso a imaginar cómo sería salir de un pueblo en la sierra para llegar a una ciudad tan moderna como Los Ángeles.

—La gente es igual, aunque parezca distinta —le dijo Clemente—. A mí lo único que me impresionó fueron los elevadores.

Y le platicó que la primera vez que se había subido a uno, sintió miedo. No sabía que existían.

—Durante mucho tiempo ni me aprendí su nombre, yo sólo les decía las "cajas que van al cielo" —confesó Clemente.

Mientras regresaban a casa, Tomás pensó que Clemente podría no conocer los elevadores ni todas las playas del mundo, pero algo sí conocía bien: la vida.

Su madre no había hecho gran alboroto, aunque sí había tenido que darle un regañito. Tomás se dio cuenta de que estaba creciendo y empezaban a tenerle más confianza. Se sintió feliz, con todo y regaño.

# XII

Cuando Tomás llegó a casa de Clemente, sintió un inmediato entusiasmo por la costura.

Jamás en su vida le había interesado cómo ensartar una aguja, pespuntear un dobladillo o el arte de seguir recta una costura en la máquina eléctrica.

Pero, ¡qué maravilla! En lugar de una sala repleta de adornos que no deben tocarse, en casa de Clemente había máquinas de coser y un gran alboroto por todos lados. Gente que iba y venía, pedazos de mangas e hilos de todos los colores tapizaban el piso.

—¿Sabes manejar todo eso? —preguntó Tomás. Y como su amigo le respondiera que sabía más de máquinas de coser que de cualquier otro asunto, Tomás insistió en aprender.

Como eran buenas personas y como tenían pedazos de tela mal cortados que ni de chiste servirían para armar una camiseta, los papás de Clemente le permitieron a su hijo usar una de las máquinas.

Y es que no, no eran cualquier maquinita casera, sino unos verdaderos monstruos sigilosos que comían con sus agujas las telas a una velocidad, pensó Tomás, que ni el aleteo de los colibríes.

Tomás y Clemente jugaron a que la máquina era el doctor Guachil, un malvado devorador de carreteras al que había que mantener en línea: mientras las agujas siguieran su trazo recto, el malo del cuento no haría nada a la población. La población, por cierto, eran los dedos de las manos, que tenían que mover rápidamente para evitar ser comidos por la criatura infernal.

Al cabo de un rato, Tomás comenzó a sentir la espalda como si fuera una tabla. Estar tanto tiempo inclinado sobre la máquina no ayudaba mucho a la columna.

Y entonces pensó que los familiares de Clemente eran seres extraordinarios porque podían pasar tantas horas en las máquinas, una camiseta tras otra, una costura tras otras, sin dejar de platicar y reírse como si se estuvieran divirtiendo a lo grande.

Cuando Tomás agotó la emoción por la costura, Clemente lo invitó a dar un paseo por el barrio.

Caminaron varias cuadras y Clemente iba saludando a los vecinos como si hubieran nacido juntos. A algunos les decía algo en inglés, a otros en español, a otros en mixteco y a la mayoría en zapoteco.

Fueron a una tienda de autoservicio y Clemente se plantó ante el mostrador, atendido por un joven evidentemente estadounidense.

—*Nad lia Ment* —le dijo, como si fuera lo más natural del mundo.

—*What*? —dijo el joven. Y Clemente volvió a soltar las mismas palabras.

—*I don´t understand... Can you say it in english*? —dijo el joven entre confundido y enojado. Le estaban haciendo perderse lo más emocionante de un juego de la serie mundial.

Tomás se moría de risa. Él tampoco había entendido el zapoteco de Clemente, pero le hacía gracia la cara del joven rubio.

—Que si hay pan con mantequilla —dijo entonces Tomás en español, entrando al juego. Ahora Clemente sonreía.

—*Go away, you chinese kids* —dijo el tendero.

Tomás y Clemente salieron carcajeándose. El joven los había confundido con chinos, sólo por no entender lo que hablaban.

—Con razón cuando no entiendes algo, dices que está en chino —dijo Tomás.

Y entonces Clemente le platicó que muchas veces, se reunían varios zapotecas para ir a un restaurante y no hablaban una palabra de inglés o español.

—Hablan en zapoteco y bien fuerte —le explicó Clemente—, les encanta ver las caras en las demás mesas, de la gente que trata de identificar qué idioma hablamos.

A Tomás le pareció admirable. Aunque reconoció que si él los oyera en un restaurante en México, también habría puesto la misma cara. Y jamás habría acertado a decir que hablaban zapoteco. Qué orgullo debía ser tener un idioma que pocos hablaran... pensaba decirle a Clemente que si le parecía bien, quería aprender su lengua. Aunque sonaba realmente difícil.

El paseo había durado un buen rato, pues se distrajeron persiguiendo al gato de los vecinos, y contando con cuántos negros, blancos, asiáticos y morenos se cruzaban en el camino. A Tomás le pareció fascinante, como si el mundo se hubiera revuelto y hubiera caído un cachito de cada país en la colonia de Clemente.

Cuando volvieron a casa, las máquinas estaban abandonadas. Era demasiado tarde para trabajar. Casi todos habían salido, excepto don Cipriano, quien parecía estar platicando muy a gusto con alguien más en uno de los cuartos.

—¿Con quién habla tu papá? —preguntó Tomás. Hubiera querido preguntar "¿qué está diciendo tu papá?", pero le pareció que hubiera quedado como un metiche.

—Con los del radio —dijo Clemente como si eso fuera lo más normal del mundo.

Tomás se imaginó que tal vez a don Cipriano le fallaba un tornillo y que le gustaba contestar a los locutores de radio aunque éstos no pudieran oírlo. A lo mejor trabajar tanto tiempo en las máquinas devoradoras de tela le había provocado algún daño.

Pero nada de eso. Don Cipriano era un gran aficionado al radio de onda corta, gracias a un aparato de segunda mano que había visto funcionar en una venta de *garage* hacía unos meses.

# XIII

Tomás sabía qué era un radio de onda corta porque alguna vez, en la Ciudad de México, un taxista le había platicado que se comunicaba con su "base" usando una de estas chucherías, para mantenerse en contacto y saber a dónde debía dirigirse.

Lo había oído hablar, salpicando palabras con claves que no entendía. Pero después de unos minutos dejó de interesarle.

Ahora volvía a escuchar una de esas claves que le hiciera tanta gracia: "¿Cuál es tu veinte, *Vaquero Serrano*, cuál es tu veinte?", decía don Cipriano.

"Cordiales, *Amigo Solitario*", respondió una voz, "*Tercera* y *Flower*".

"Cordiales, *Amigo Solitario* y *Vaquero Serrano*", dijo una tercera voz.

"¿Cuál es tu diez veintiocho?", preguntó don Cipriano.

"*Sancho La Bala*", dijo la voz.

Antes de que Tomás comenzara a abrir otra vez la boca, Clemente, que se había dado cuenta de que su amigo no entendia una sola palabra, le explicó.

—Los del radio hablan en clave —dijo—. Por ejemplo, si te preguntan cuál es tu veinte, te están preguntando en dónde estás.

—¿Y los cordiales? —preguntó Tomás.

—Pues los saludos cordiales —contestó Clemente, como si fuera lo más obvio.

—¿Y quiénes son *el Solitario*, *el Vaquero* y *La Bala*? —preguntó Tomás.

—Pues es que cada uno tiene un sobrenombre, como un apodo para identificarse —explicó Clemente—. Mi papá, por ejemplo, es el *Amigo Solitario*.

Tomás ya se estaba imaginando todas las posibilidades de juego que el radio tendría. Podrían fingir que eran espías internacionales, inventar sus propias claves secretas y organizar bandos de, por ejemplo, mexicanos contra americanos.

Al ver su cara, don Cipriano le pidió que se acercara y le explicó cómo funcionaba el radio, cuáles eran los botones para hablar y cuáles para escuchar, y hasta le permitió anotar en una hoja el significado de algunas claves.

Clemente y Tomás acabaron la tarde instalados frente al radio, escuchando las conversaciones e imaginando cómo el *Palomo Veloz* entregaba un pedido de *pizzas* en el centro, o al *Sancho la Bala* saliendo por una carretera desde el norte del país.

—¡Qué suerte tener un radio en casa! —le dijo Tomás a Clemente, mientras ayudaban a preparar la cena—. Tu papá debe divertirse mucho con tantos amigos.

—Sí, en parte es para divertirse, pero el radio servirá como un instrumento para algo importante —le contestó Clemente, con aire misterioso.

Como la otra vez, Tomás no quiso parecer un metiche, se quedó con la pregunta en la boca. Ya lo averiguaría después.

# XIV

Durante los dos meses anteriores a las vacaciones de Navidad, Clemente y Tomás pasaron juntos todos los fines de semana.

Un día, acompañaron al profesor Santiago al centro de la ciudad, en donde tenía que atender una serie de conferencias, y se la pasaron jugando en los elevadores del hotel.

—¿Ya no le tienes miedo a los elevadores? —preguntó Tomás, sólo para que a su amigo le diera coraje y le saliera lo valiente.

—No les tengo miedo —contestó Clemente—. A lo que le tengo miedo es a llegar al cielo.

Y de la tierra al "cielo" se la pasaron dos horas, parando en cada piso y explorando lo que había en cada nivel. Por supuesto, jugaban a que las "cajas al cielo" eran naves espaciales que aterrizaban en diversos planetas y galaxias.

El profesor Santiago los encontró justo cuando estaban a punto de llegar a Andrómeda. En lugar de regañarlos, se subió con ellos a la "nave" y les pidió apretar el botón del último piso. O sea el cielo.

Clemente y Tomás se encontraron en un restaurante muy elegante. El profesor Santiago los jaló hasta una mesa cerca de la ventana, hizo que se acomodaran en una silla y pidió el menú.

Ahora sí que eran astronautas. Lástima que en el menú no hubiera pastillas de comida deshidratada como las que se estilan en los vuelos espaciales. Pero pidieron una hamburguesa y se imaginaron que cada papa frita era una ración de alimento espacial.

—La ciudad se está moviendo —dijo de pronto Clemente. Se había puesto muy pálido y sentía un trozo de carne atorado en media garganta.

El profesor Santiago sonrió y no dijo nada.

—¡Cuál se mueve ni que ocho cuartos! —dijo Tomás que aunque quería hacerse el tranquilo, empezó a sospechar que su amigo tenía algo de razón. Casi siempre la tenía.

—Cuando nos sentamos, la punta de ese edificio estaba justo frente a nosotros —explicó Clemente—. Ahora tengo que voltear… el edificio se está poniendo detrás de mí.

Clemente tenía razón. Tomás se dio cuenta de que la güera en bikini de un anuncio de ropa interior lo veía directamente, mientras antes estaba apuntando a las mesas que tenía enfrente.

El profesor Santiago esperó a que los niños discutieran un posible ataque a la Tierra, o de una equivocación del movimiento de rotación, o peor aún, que el planeta se estuviera deteniendo inexplicablemente.

—La Tierra no está cambiando su movimiento ni se está parando —les dijo—. Éste es un restaurante giratorio y es toda la parte de arriba del edificio la que se está moviendo.

Ahora sí los dos se quedaron boquiabiertos. Pero no durante mucho rato. A la hora del helado de vainilla con chocolate, ya se imaginaban a bordo de una nave espacial a punto de despegar.

El profesor Santiago los dejó jugar y hasta contribuyó utilizando unos popotes como mangueras de propulsión.

Cuando comenzaron a prenderse los primeros focos de la ciudad, les dijo a los astronautas que era hora de bajar a la tierra.

# XV

Otro día, Clemente y Tomás fueron a Disneylandia.

Aunque Clemente llevaba mucho tiempo en Los Ángeles, jamás había visitado el lugar. Había sido imposible Hasta antes de haber conseguido los permisos.

Ahora, su familia tenía siempre demasiado trabajo o tenían que ir a fiestas y bailes organizados por La Corporación.

Pero Tomás convenció a doña Flora para que los acompañara y a la comitiva se unió *Rosita Pálida*, Elodia y Alina.

Las hermanas no estaban muy convencidas porque les parecía que eran cosas de chiquitos, pero a la hora de la hora, no pararon de reírse y entrar en cuanta tienda encontraron, aunque fuera sólo para mirar.

Doña Flora y *Rosita Pálida* se la pasaron contándose su vida. La mamá de Tomás pensó que siendo las dos mexicanas, las separaba una enorme distancia por la vida que cada una había tenido.

Mientras que en México doña Flora tenía que levantarse cada día a las cinco de la mañana preparar el nixtamal para hacer tortillas y acarrear el agua de un arroyo lejano, la mamá de Tomás raramente abría el ojo antes de las ocho de la mañana, hora en que tenía que ir a abrir una tienda de antigüedades en la que trabajaba.

Si doña Flora había tenido a sus hijos en casa con una partera, Rosita había estado cuidada durante cuatro días en un hospital, sin tener que ocuparse más que de la alimentación del bebé.

Doña Flora no había terminado la primaria, en parte porque era difícil encontrar un maestro que atendiera a los niños de su pueblo, y en parte porque era la mayor de 12 hermanos, y había tenido que cuidarlos.

Rosita en cambio, era hija única y había estudiado lo que se le daba la gana cuando se le daba la gana. Había tomado clases de ballet, guitarra, francés, inglés, costura, hawaiano, modelado en cera, meditación trascendental, yoga, natación, oratoria y gimnasia, sin terminar ninguno de los cursos, hasta que se decidió por una carrera universitaria y, con muchos esfuerzos, la acabó.

Y sin embargo, Rosita estaba fascinada con la sabiduría de doña Flora. Sabía andar sola por el mundo, había criado a dos excelentes niños y era capaz de soltar frases de lo más atinadas de acuerdo con cada circunstancia. Es más, tenía una explicación para todo, algo que a ella le seguía costando mucho trabajo.

Pero lo que más le gustó a la mamá de Tomás fue que, a pesar de ser tan diferentes, tenían muchas cosas en común.

Además de su amor por la cocina mexicana, las fiestas populares, la devoción por la Virgen de Guadalupe y los huaraches de cuero, las dos tenían un gran sentido del humor y compartían algo más: el gusto por los libros.

Porque doña Flora podría no haber estudiado. Pero eso sí, se había hecho una gran lectora, y hasta estaba escribiendo un libro de cuentos zapotecos en su tiempo libre.

—Los escribo en zapoteca para que no los olvidemos nunca —dijo doña Flora—. Pero también están en castilla, para que los demás puedan aprender todo lo que no saben.

Las dos mamás pasaron el día hablando de los dioses zapotecos, de las leyendas de los pueblos, de los animales que hablaban, del humo, el incienso y sus significados más profundos. Una relataba, la otra escuchaba. Hasta hacieron planes sobre cómo hacer realidad el libro y mandarlo a la imprenta.

A Tomás y Clemente no se les vio el pelo. Desde que entraron por la puerta principal, desaparecieron del panorama. Parecía que llevaban prisa, como si ningún tiempo pudiera ser suficiente para subirse a todos los juegos. Y es que no era fácil estarse convirtiendo en pirata, marinero, astronauta, buzo y ser humano normal dependiendo del juego en el que entraban.

Recorrieron todo el parque, comieron cuanta chuchería encontraron y se rieron de la cara del *Pato Donald* cuando le preguntaron algo en zapoteco.

Al final, Rosita Pálida le preguntó a Clemente qué era lo que más le había gustado.

—Ver las camisetas que yo hago colgadas en esa tienda —contestó muy seguro Clemente—. Y ver que todos quieren una.

Tomás se sintió orgullosísimo de su amigo.

## XVI

Un día, Clemente y Tomás paseaban por los alrededores de la universidad donde daba clases el profesor Santiago, y se detuvieron ante un carrito de paletas, de esos que rara vez habían visto en Los Ángeles.

Era un carrito de los que empuja el vendedor, que se anuncia por las calles haciendo sonar unas campanitas que cuelgan de una barra de metal.

Pintado a mano en tonos chillantes, tenía un paisaje tropical, con palmeras con todo y cocos, que decía con letras medio exageradas: *La Flor de Morelia.*

Como traían un dólar, pidieron nieve y se sorprendieron al conocer los sabores.

Además de los tradicionales de vainilla, fresa y chocolate, había de nanche, guayaba, horchata y grosella, la favorita de Tomás.

Como no tenían nada mejor que hacer, platicaron con el paletero, quien les contó que los carritos eran de un paisano zacatecano que daba trabajo a los recién llegados a Estados Unidos. Tuvieran o no permiso.

Jacinto, que así se llamaba el paletero y venía de un pueblo llamado Tacoaleche, aún no tenía papeles. Era difícil, desde que el gobierno de California había inventado una nueva ley con la que era más complicado conseguir los documentos legales.

—Somos puros zacatecanos —les dijo el paletero—. Y es que estamos para ayudarnos unos a otros.

En eso estaban, cuando llegó otro paletero muy acelerado, empujando el carrito sin importarle topes y baches en el camino. Parecía muy nervioso.

—Cayó la "migra" en *La Flor* —le dijo al primer paletero, quien inmediatamente se echó a correr.

Clemente puso cara de preocupado. Tomás no supo ni qué cara poner porque no entendía qué tan grave era el asunto.

—La "migra" es la policía de migración de Estados Unidos —le explicó Clemente—. De

vez en cuando llegan a fábricas, maquilas y oficinas, y le piden a todos sus documentos. Si no tienes permiso, pues te mandan deportado.

—¿Qué es deportado? —preguntó Tomás.

—Te dejan en la frontera, te regresan y luego, o te quedas allá y regresas acá, donde seguro ya tienes a tu familia o un buen trabajo —dijo Clemente—. Es muy triste.

Clemente le platicó que a su familia nunca le había sucedido. Pero conocía a parientes y amigos a los que la migra había deportado. Algunos habían vuelto a cruzar, sufriendo mucho, eso sí. Otros aún no lo lograban.

Luego le platicó de un tío suyo, Agapito, quien había estado varios años en Los Ángeles con su familia. Durante unas vacaciones, su esposa Carlota y sus tres hijas se habían ido a Oaxaca, a las fiestas del pueblo.

—Eso fue hace seis meses —le platicó Clemente—. Desde entonces, no han podido volver a pasar. El tío Agapito las extraña mucho, pero así es, ni modo.

Tomás también se puso triste, aunque no conociera a Agapito ni a su familia. Y pensó que cuando fuera grande, se convertiría en presidente, o gobernador, o senador o diplomático, o lo que fuera para que los mexicanos no tuvieran que separarse, estuvieran donde estuvieran.

# XVII

Tomás ya se estaba cansando del misterio del radio. Probablemente nunca sería un buen policía, pensó, pues por más interrogatorios que practicó, no les sacó una sola palabra ni a Clemente ni a su padre.

De vez en cuando intentaba trucos como comentarios sin importancia: ¡Qué útiles son los radios de onda corta!, ¿verdad?

Pero en esas ocasiones no había obtenido más respuesta que un *"ajá"* por parte de don Cipriano.

Otra vez jugó con Clemente a las guerritas y cuando logró hacer prisionero a su amigo, le prometió que le perdonaría la cárcel si le decía su secreto más secreto.

—Bueno —le dijo Clemente—. Mi secreto más grande es que no me gustan las calabazas y que las escondo en la servilleta cuando mis papás no están viendo.

—¿Eso es todo? —le dijo Tomás, desilusionado.

—Todo lo demás ya lo sabes —respondió Clemente.

Tomás no se atrevió a ir directamente al grano, aunque se moría de ganas de saber por qué un simple radio de onda corta encerraba una misión secreta.

Hasta que llegó el día.

En casa de Clemente, había una junta de La Corporación. Estaban reunidos todos los hombres mayores del pueblo.

—Son como los principales del pueblo —le explicó Clemente—. Son los que deciden aquí, pero para todo se ponen de acuerdo con los mayores de Oaxaca.

Tomás estaba feliz aunque no entendía ni una palabra. Para variar, hablaban en zapoteco. Pero nadie se molestó con la presencia de los niños, así que se quedaron muy tranquilos.

Los mayores, como les decía Clemente, discutieron, rieron y se mostraron muy felices. Después de una hora parecían haber llegado a un acuerdo.

Cuando por fin se fueron, Tomás lo supo todo.

Resulta que habían estado realizando un plan magistral; así lo calificó Clemente, al menos.

Se trataba de hacer dos "bases" para el radio: una ahí, en Los Ángeles, en la casa de Clemente, y la otra en Oaxaca, en casa de sus familiares que aún vivían en el pueblo.

Si la onda corta funcionaba para comunicarse con toda la "colegancia" del país, como llamaban a todos los aficionados al radio, era posible también hablar en vivo, en directo y en zapoteco, con la nueva "colegancia" de paisanos.

En el pueblo de Clemente no había teléfonos. Cuando alguien de allá quería hablar con un paisano de Los Ángeles, tenía que caminar más de dos horas hasta Zatgochi, el pueblo más cercano con teléfono.

Y cuando alguno de Los Ángeles tenía algo que comunicar a la gente de Itzachi, hablaban a la cabina telefónica de Zatgochi para pedir que fueran, dos horas a pie, a llamarlo para que se presentara al día siguiente a la misma hora.

—Como verás, Tomás, esa forma no es rápida cuando queremos tomar decisiones todos juntos —le explicó don Cipriano.

—¿Y por qué no toman las decisiones cada uno en el lugar donde están? —se atrevió a preguntar Tomás, a quien le parecía complicadísimo el método que habían usado hasta ahora.

—Porque somos un mismo pueblo —le dijo don Cipriano. Y Tomás lo entendió.

Pero el asunto del radio era secreto porque para instalar el radio en Oaxaca y hacerlo funcionar, necesitaban una antena altísima en el pueblo y había que transportarla desde Los Ángeles.

Había otro punto. Algunos de los mayores habían estado haciendo investigaciones. Al parecer, tenían que solicitar varios permisos porque existían leyes internacionales en cuanto al "uso del cielo".

—Pero ya lo decidimos —le informó don Cipriano—. El mundo es de todos, y el aire no puede ser de ningún país en particular, así que la antena se va a Oaxaca.

Clemente y su padre estaban entusiasmadísimos. Por primera vez tendrían comunicación directa con el pueblo, sin intermediarios, inmediata y en zapoteco, lo que les permitiría mantener conversaciones privadas que nadie entendería aunque los pudieran escuchar. Y es que, la verdad, no mucha gente hablaba su lengua.

Ya se había planeado hasta la fecha. Eligieron el 6 de enero, día de los Reyes Magos. Y no porque el radio fuera como magia, sino porque justo ese día se celebraba al patrono del pueblo. Faltaba sólo una semana para las vacaciones de Navidad. Habría que empezar a trabajar.

# XVIII

Tomás participó en todos los preparativos: acompañó a don Cipriano a comprar una antena de segunda mano y le pidió permiso para platicarle el plan secreto a su padre para que les ayudaría con la parte técnica.

La verdad es que el profesor Santiago no tenía absolutamente nada que agregar. Se había planeado a la perfección. Lo único que logró Tomás fue entusiasmar a su padre. Tomás pensó que su papá parecía un niño chiquitito, preguntando lo mismo todos los días.

—¿Ya tienen la frecuencia a la que van a mandar los mensajes? —preguntaba el profesor Santiago.

—Ya, papá —le contestaba su hijo.

—¿Y los materiales para armar la base de la antena? —otra pregunta típica.

—Ya, papá.

—¿Y los cables para conectar la radio de la base?

—Papá, no te preocupes —le decía Tomás con voz de *padre-a-punto-de-perder-la-paciencia.*

En esas dos semanas, Clemente y Tomás hablaron mucho de lo maravilloso que sería el día en que echaran a andar el radio.

Habían ya planeado una fiesta especial dentro de la fiesta del pueblo para celebrar el "acontecimiento del siglo", como decía Clemente.

Pero Clemente estaba feliz por otra cosa también: por primera vez, volvería al pueblo del que había salido hacía cinco años.

Le confesó a Tomás que, además del radio, le entusiasmaba la idea de volver a ver a su familia, especialmente a su abuela Ofelia de quien tenía un "recuerdo medio borrado".

Podría caminar por el arroyo en el que había acompañado a su madre a recoger agua, ver los árboles que crecieron al mismo tiempo que él, jugar *basquet* en su propia cancha y tocar la trompeta como no había podido hacerlo nunca.

—Quiero volver a oír mi viento y sentir el frío de la montaña —le decía Clemente. A Tomás le pareció demasiado poético lo que decía su amigo. Pero le picó la curiosidad y también él quiso subir a la sierra, sentir su frío y escuchar su música.

Y por supuesto, con tanto plan, Tomás acabó por entusiasmarse: por nada del mundo podía perderse esa fiesta.

Aunque ese "nada del mundo" fuera un viaje por la península de Yucatán que sus padres planeaban desde hacía meses.

Así que Tomás inició la ofensiva. Usaría sus mejores estrategias.

## XIX

Palenque, Chichén Itzá, Uxmal, Edzná, Kabah…

Eran los nombres de los lugares con ruinas mayas que aparecían en los folletos que la madre de Tomás había conseguido para ir trazando la ruta que seguiría la familia en su viaje.

Estudió cuanta enciclopedia encontró y navegó en internet para recopilar toda la información posible.

Saldrían justo después de navidad para volver a la Ciudad de México a visitar parientes antes del día de Reyes y después volver a Los Ángeles.

La señora estaba tan contenta con los resultados de su búsqueda, que Tomás no se atrevía ni a sugerir un posible cambio de planes.

Durante una semana estuvo planeando el momento justo, el tono adecuado y la forma como hablaría con su madre para que comprendiera lo importantísimo que era incluir Oaxaca en el viaje.

Como nunca encontró el momento preciso, soltó la preguntita en medio de la cena, como si estuviera pidiendo permiso para servirse más postre.

—¿Qué tan lejos queda Oaxaca? —dijo como si no lo supiera. La verdad es que en su mapa de México tenía localizado no sólo el estado de Oaxaca, sino que había ya trazado la ruta a seguir para llegar a Itzachi. Con plumón azul la ruta de la Ciudad de México a Oaxaca, la capital del estado. Con una línea roja, el camino de terracería hasta donde se iniciaba el ascenso a la sierra. Y con verde, su color favorito, había marcado huellas, de la parte que tendrían que hacer a pie hasta el pueblo.

—Cerca, pero fuera de ruta —le dijo su mamá.

El profesor Santiago nada más sonreía.

—Pero, ¿qué tan difícil sería incluir Oaxaca así como, por decir, a finales del viaje?

Su padre lo miraba, como si se estuviera divirtiendo muchísimo.

—Difícil —contestó su madre y siguió hablando del Templo del Adivino y de las cascadas de Agua Azul y de los bordados de Uxmal y del color turquesa del mar en Tulúm y...

—Difícil —insistió Tomás—. Pero, ¿imposible?

Ésa era una buena estrategia. A su mamá le encantaba decir que en este mundo no hay imposibles y menos para un miembro de esa familia.

—No tenemos más días —le contestó su madre, quien empezó a lanzar miradas de auxilio al profesor, que fingía estar muy entretenido pelando una mandarina.

—¿Y no le podríamos hacer una canchita? —se atrevió Tomás.

—Suelta la sopa, que nos pones nerviosos a todos —le dijo Alina un poco exasperada—.

Tres pares de ojos lo miraban, así que no tuvo más remedio.

—Bueno, es que como el seis de enero es la fiesta en el pueblo de Clemente y como van a poner la antena y como... —comenzó a explicar.

—Ya, ya, nos lo has dicho un millón de veces —le dijo su madre.

—Bueno, es que había pensado que podríamos ir de regreso a México como de pasadita a Oaxaca y también, ya estando allá, pues de pasadita a Itzachi y… —Tomás empezó a morderse las uñas.

—Ese de pasadita son varios kilómetros, hijo —intervino el profesor Santiago.

—Pero tenemos más días; no tenemos que volver a fuerza a la Ciudad de México para Reyes —se atrevió a cuestionar Tomás.

La familia entera entró en discusión. La madre de Tomás necesitaba arreglar asuntos en México y Alina se negaba a sacrificar los pocos días que tendría con sus antiguas compañeras de escuela.

El profesor Santiago entró al rescate. A él no le urgía ningún asunto en la Ciudad de México. Es más, le fastidiaba bastante la contaminación en esa época del año.

—No pasa nada si nos dividimos, ¿no? —preguntó—. Así, cada quien cumple con sus planes. Hay miles de camiones que nos pueden llevar a Tomás y a mí hasta Oaxaca.

"La suerte está echada," pensó Tomás mientras veía la mirada cómplice de su padre. Y el asunto se decidió.

Cuando su padre fue a darle las buenas noches en su cama, se acercó a Tomás para decirle bien quedito al oído.

—Gracias por hacerme el trabajo, hijo. Yo también me moría de ganas de estar en Itzachi.

Y apagó la luz. Tomás se rió muy bajito. La estrategia había funcionado.

## XX

Tomás no había pensado en un pequeño detalle. Clemente no lo había invitado.

¿Se necesitaría una invitación para ir a la fiesta del pueblo? ¿Habría que presentar algún permiso especial de la comunidad para poder entrar? ¿Les molestaría que él y su papá estuvieran durante la ceremonia del radio?

Ese domingo, Tomás decidió que lo mejor sería preguntar, aunque le hubiera gustado llegar de sorpresa a Oaxaca.

Así que mientras ayudaban a las mujeres a pegar bordados con la silueta de Disneylandia, Tomás consultó a su amigo.

—Oye, Clemente —le dijo—. Cuando alguien de fuera va al pueblo, ¿les molesta?

—No —dijo Clemente, quien luchaba para poder ensartar una aguja.

—Y… ¿lo de la fiesta del santo patrono es algo así como muy privado?

—No —volvió a responder su amigo.

—Y… ¿han ido niños que no sean de por ahí? —insistió Tomás.

—No.

—Y… ¿hay algo que sea en español?

—No.

—Y… vamos a suponer que alguien que no entienda nada de zapoteco quiera ir… ¿les molestaría a los de la comunidad?

—No… vaya, ya pude —dijo Clemente mostrando la aguja ensartada con hilo rojo.

—Y… suponiendo que haya un visitante, ¿encontraría un hotel para dormir y restaurantes para comer?

—Claro que no —respondió Clemente. No hay hoteles ni restaurantes. Sólo casas.

—Y… —se detuvo Tomás.

Su amigo lo miró divertido.

—¿Qué día llegan? —le preguntó Clemente, fingiendo estar muy concentrado en la colocación de un bordado.

Tomás se puso rojo. Según él, sus preguntas habían sido de lo más discretas.

—¿Puedo ir contigo a tu pueblo? —dijo Tomás pensando, aunque fuera un poco

tarde, que más valía ir directamente al grano.

Clemente se paró y lo abrazó.

—Es lo que más quiero en el mundo —le sonrió Clemente—. Olvídate de hoteles... mi casa será tu casa, como la de todos mis paisanos del pueblo.

Abandonaron rápidamente el trabajo y fueron a darle la noticia a don Cipriano y doña Flora.

—Perfecto —dijo don Cipriano cuando supo que además de Tomás, el profesor Santiago estaría en la instalación del radio—. Necesitamos muchas manos para echar a andar la antena.

Doña Flora se limitó a sonreír. Ya se estaba imaginando la cara de doña Rosita Pálida al ver los cientos de platillos que se preparaban para el festejo. Sería una fiesta inolvidable.

Tomás y Clemente se pusieron a hacer planes.

Clemente sacó de un cajón un papel con instrucciones detalladísimas sobre cómo llegar al pueblo.

—¿Lo tenías preparado para mí? —se sorprendió Tomás.

—Era sólo por si te animabas... —le dijo su amigo.

Al día siguiente comenzaron las vacaciones de Navidad. Los amigos ya no se
volverían a ver hasta el año entrante.

# XXI

Clemente pasó el inicio de las vacaciones empacando en una camioneta todo lo necesario para el viaje.

Él y su familia habían ido a comprar una videocámara ultra moderna, y se habían pasado tres días aprendiendo casi de memoria las instrucciones para usarla. Al cuarto día, ya sabían qué significaba tanto botón y palanca y podían manejarla perfectamente.

Sus padres estaban más ocupados. Tenían que terminar el último pedido de camisetas para Disneylandia. Aunque no era la época de mayor turismo, les habían solicitado coser 300 sudaderas de manga larga.

La casa de Clemente parecía un hormiguero. Habían tenido que pedir la ayuda de varios paisanos también especializados en costura.

No había sido difícil. La mayoría no podrían ir ese año a Itzachi, pero tenían que ayudar a don Cipriano y doña Flora si querían que el asunto de la antena se echara a andar.

Aunque se sentían presionados, no faltó motivo para la fiesta y la diversión.

—Te quiero como a la última manga de la última sudadera —le decía doña Flora a su esposo, y se echaba a reír como si no le faltaran 120 costuras todavía.

—Eres la *Daisy* de mi alma de *Donald* —le respondía don Cipriano.

El día anterior a la salida, Clemente entregó el pedido en el centro. Tenía ganas de gritar que iba a su pueblo para que lo oyera todo mundo, pero eso sí le hubiera dado mucha pena. Y se guardó la felicidad adentro.

Por la tarde, compraron regalos para los familiares y amigos del pueblo: sartenes de teflón, un utensilio para picar ajos, un líquido para rociar el carbón y hacer el fuego más rápido, una televisión miniatura, varios pares de tenis que serían muy prácticos para andar en el monte, y toda una serie de objetos cuyo uso Clemente no entendió.

Lo difícil fue la antena. Medía cuatro metros de alto, por lo que hubo que desarmarla. Como fue imposible acomodarla de otra forma, tendrían que ir sentados y atravesados por todo un enjambre de cables y pedazos de tubo.

Clemente apenas podía moverse en su asiento.

Pero ni falta que hacía. Se había apropiado de la ventana derecha de la camioneta: de ahí podría ir observando todo el paisaje sin perderse nada.

"Qué gracioso", pensó, "ahora sí voy a conocer México".

"Lo mejor de todo", se dijo, "fue pasar la frontera sin tener que agachar la cabeza".

Don Cipriano mostró los papeles en la oficina de migración. Se sentía tranquilo: por primera vez sabía que podía entrar a su país y luego regresar "al otro lado" sin necesidad de esconderse.

Clemente se maravilló con los distintos paisajes que pasaban por su ventana. Había desiertos, bosques, lagunas, puentes, barrancos y sobre todo, gente por todos lados.

Aunque lo hubiera deseado, no pasaron por la Ciudad de México. Don Cipriano tendría apenas diez días para instalar la antena y no había tiempo qué perder.

No quiso parar ni un segundo: tenían comida preparada para soportar el hambre, varias botellas de agua purificada y se detenían sólo para cargar gasolina e ir al baño, pero nadie protestó: tenían prisa por llegar.

Llegaron al anochecer del tercer día de viaje. Detuvieron la camioneta justo frente a la cancha de *basquet*.

Había luces encendidas. Estaban tan lejos unas de otras, que parecían luciérnagas en medio de la oscuridad de un bosque.

Clemente respiró "su aire" como le decía. Alguna hierba de ese campo lo había acompañado siempre, pensó, porque se sentía de vuelta en casa.

# XXII

Tomás subió y bajó todos los escalones de todas las pirámides de todos los sitios arqueológicos a los que fueron en la península. Llevaba su conteo en una libretita: había acumulado más de dos mil escalones.

Escuchó con atención a los guías de cada ruina y se empeñó en descifrar los jeroglíficos de una estela.

Como sabía que iba a ser una tarea complicada, se conformó con copiar los dibujos en su libreta y pedirle a Clemente que hicieran juntos la investigación.

Total, si no podían descifrarlos, ya les encontrarían un significado oculto y podrían inventar su propio código de comunicación secreta.

Contempló un cenote desde lo alto. Era una gigantesca alberca de piedra que los mayas utilizaban para sus sacrificios.

—¿Y hay tesoros en el fondo? —le preguntó Tomás al guía.

—Muchas piedras preciosas, sobre todo jade —le dijo.

Tomás decidió que cuando fueran mayores, él y Clemente podrían ir juntos, con equipos de buceo, a encontrar tesoros perdidos, aunque no fueran de piratas.

Tomó fotografías de los diferentes bordados en huipiles y vestidos de la zona. Tal vez, pensaba, los diseños podrían utilizarse en la camisetas para Disneylandia, y así dejar "la huella mexicana".

Probó de todo y se aficionó como nunca a la cebolla con chile habanero que condimenta los tacos de cochinita. Después de todo, era una comida a la que le tenía mucho cariño.

Y acabó con el surtido de un refresco de chocolate llamado "Soldadito" que podía encontrarse sólo en tienditas de pueblos pequeños.

—Es lógico —dijo—. Las botellas del refresco también son pequeñas.

Pero sobre todo, Tomás se dedicó a apuntar palabras en maya. Ahora podría competir con una nueva lengua indígena en el diccionario de los originales.

Aunque había gozado mucho el viaje, a Tomás ya le urgía lo que llamaba "la segunda parte".

Así que, cuando llegaron a la ciudad de Oaxaca, le dio un beso rápido a su madre y le hizo un gesto medio cariñoso a su hermana.

Tomás ya estaba trepado en el camión de segunda que habría de conducirlos a él y a su padre hasta la sierra alta, cuando el profesor Santiago daba a su familia las últimas recomendaciones: manejen despacio, que no las pesque la noche en la carretera, no se les ocurra ir al baño en lugares muy sucios, etcétera, etcétera.

—Bueno, mi medio zapoteca —le dijo el profesor Santiago al ocupar su sitio en el autobús—. Ahora sí... a gozar del viaje.

# XXIII

Gozar, gozar, lo que se dice gozar... ni tanto.

Tomás tuvo que reconocer que el viaje era largo y difícil. El camión se paraba en cuanto poblado se asomara a la orilla del camino. Subían unos, bajaban otros.

Hasta que llegó el momento en que no había asientos disponibles. Eso no pareció preocupar a nadie. El pasillo comenzó a llenarse de gente y uno que otro animal que era fácil transportar: dos gallinas y un gallo, un puerquito pequeño y una jaula con pájaros.

Conforme el camión avanzaba se iban dejando de oír palabras en español.

Pasando Guelatao, el pueblo donde nació el primer presidente indígena de México, Benito Juárez, ya no se oía más que zapoteco.

O al menos eso pensó Tomás, que no estaba seguro de poder distinguir la lengua de su amigo del mixe o del mixteco, que también eran de por ahí.

Conforme avanzaban, el camino se hacía cada vez más difícil. En lugar del asfalto con baches, ahora iban por una línea de terracería bastante complicada.

El camión se movía mucho.

—Parecemos jitomates en licuadora —le dijo Tomás a su padre.

—¿Por lo rojos del calorón o por el brincoteo? —contestó el profesor Santiago.

A partir de la cuarta hora, el autobús empezó a pararse cada media hora, hubiera o no pueblos alrededor. Y en cada parada, se bajaban unos cuantos y al cabo de unos minutos volvían a subir.

—¿Es como un ritual o qué? —preguntó Tomás.

A la siguiente parada se asomó por la ventana. Ahí, en pleno campo y a la vista de todos, las mujeres se agachaban, extendían a su alrededor sus largas faldas y permanecían un rato como en cuclillas.

—Sí, papá, es un ritual —dijo Tomás emocionado.

El profesor Santiago se rió tan fuerte que todos voltearon a verlo.

—No, Tomás —le dijo—. El camión se mueve tanto que dan ganas de ir al baño. Así que el chofer tiene que pararse a cada rato.

Pero Tomás no se decepcionó. Y por primera vez en su vida, comprendió lo útiles que podrían ser las faldas largas de las mujeres indígenas.

—Es como traer su propio cuarto de baño integrado —concluyó.

Y le maravilló pensar lo sabios que eran por esos lugares.

Unas dos horas después, pasaron por el árbol que atravesaba con sus ramas el camino. Era un tronco enorme que semejaba ser un puente.

Era la señal. Pidieron al chofer que los dejara bajar en el punto donde se iniciaba el ascenso a Itzachi.

—¿Van a la fiesta? —les preguntó—. Por allá nos veremos.

Tomás y su padre bajaron.

—Estamos en mitad de la nada —dijo el profesor, tratando de no parecer muy dramático.

Pero Tomás tenía todo resuelto: sacó de su mochila el mapa que le había dado Clemente y sintiéndose el jefe de una expedición, echó a andar por un caminito que estaba medio oculto por unos arbustos.

Sólo había que subir el cerro.

El profesor y Tomás llegaron a la iglesia cuando empezaban a encenderse las primeras luces.

Como no vieron a ninguno de los miembros de la familia de Clemente, empezaron a preocuparse.

Pero les duró poco. En unos segundos, se acercaron varias señoras de las que estaban arreglando el altar de la iglesia.

Aunque les hablaron en zapoteco, se dejaron llevar hasta el portal de una pequeña casa de adobe.

Clemente estaba esperándolos en la puerta.

# XXIV

Ahora era Tomás el que estaba cohibido.

Nunca antes había estado en una casa tan divertida como la de Clemente. En lugar de camas, había petates y un gran catre que ocupaba por las noches la abuela Ofelia.

A Tomás le pareció buenísima la idea de las "camas móviles", como bautizó a los petates: de día permanecían enrollados en una esquina, y de noche tapizaban el suelo.

Colgadas del techo de una especie de terraza había toda clase de pieles de animales curtiéndose al aire libre.

Pasando un brazo por el hombro de su amigo Tomás, Clemente los llevó hasta la cocina.

Tuvieron que caminar unos cuantos pasos hasta llegar a una pequeña construcción. Del techo salía mucho humo.

Ahora sí, el profesor fue quien se quedó con la boca abierta.

Del techo del pequeño cuarto colgaban pedazos de carne y toda clase de alimentos en jícaras y enormes cuencos de madera.

Rodeando un brasero de leña, cuatro mujeres ancianas platicaban alrededor del fuego mientras echaban tortillas.

Cuando los vieron entrar, inclinaron la cabeza en forma de saludo y siguieron tan tranquilas con su tarea.

La abuela Ofelia era la más anciana. Clemente le señaló a Tomás y dijo simplemente: "Tomás". La señora se paró y puso sus manos sobre los hombros del niño, le dijo "Tomás", y sonrió.

El profesor estaba mudo ante la escena.

—¿Qué tanto ves, papá? —dijo Tomás.

—¿Sabes lo que es el mundo prehispánico? Esto es pureza, hijo, el mundo antes de la Conquista, nosotros antes de ser españoles —dijo el profesor entusiasmado y siguió con una perorata que no terminó hasta que vio a los niños atacados de la risa.

Clemente los llevó a un gran patio trasero en donde se realizaban las matanzas, explicó:

—¿Matanzas de qué cosa? —preguntó Tomás fascinado.

—Pues de los animales que comemos, las reses, los pollos, todo —dijo Clemente.

Tomás le dijo a su amigo que le encantaría participar en una matanza, aunque no estaba tan seguro de soportar tanta sangre. La verdad, los supermercados habían sido un buen invento.

Había presenciado cuando mataban a un puerco hacía dos años. No le habían quedado ganas de más.

—Quiero que conozcan mi casa —dijo Clemente. Y los llevó a la iglesia, a la cancha, a casa de más parientes, al arroyo y hasta a una gran construcción que llamaba La Casa del Pueblo.

—¿Y de quién es la casa? —preguntó Tomás.

—Pues del pueblo, lógico —contestó Clemente. Es la casa que todos construimos y sirve para todo lo que haya que organizar aquí, como la comida de la fiesta del santo patrono.

Una vez que terminaron de recorrer el pueblo, Clemente les dijo:

—Ahora ya conocen mi casa.

Tomás pensó que era curioso que su amigo considerara todo el pueblo como su casa.

A él nunca se le hubiera ocurrido decir que la Ciudad de México era su casa.

Al regreso los esperaba ya don Cipriano. Había estado en un pueblo cercano consiguiendo algunos tornillos en casa de un paisano. La antena estaba armada.

El asunto del radio iba viento en popa.

## XXV

Tomás escuchó ruidos. Era de madrugada y en los petates de junto, todos dormían.

No porque quisiera hacerse el valiente, sino porque ya no tenía sueño, Tomás se paró a investigar.

La abuela Ofelia estaba en la puerta, como esperándolo.

—Tomás —le dijo, y con un gesto lo invitó a seguirla.

Con mucha curiosidad, la siguió monte arriba, caminando a paso rápido, tan veloz y sin descanso que, a mitad de camino, Tomás comenzó a desear más llegar a su destino. Sólo que no sabía a dónde iban y era imposible preguntar: la abuela de Clemente no hablaba español y él no podía hilar una frase en zapoteco.

Ya cuando estaba bien sudado, a pesar del aire frío, Tomás vio un corral hecho a base de troncos y pedazos de madera y rama. Había unos quince chivos que se pusieron a berrear en cuanto vieron a la anciana.

Ella los saludó en zapoteco y se puso a platicarles y cantarles, mientras abría la puerta para dejarlos salir. Le dio una rama larga a Tomás y le enseñó cómo pastorearlos mientras los chivos iban de allá para acá acabando con el pasto y las matas que había a su alrededor.

Tomás estaba feliz. Trepó, corrió y brincó igualito que los chivos en el monte, mientras la abuela recogía pequeñas ramas que iba poniendo en un canasto muy grande.

La abuela Ofelia no necesitó hablar. Después de una hora, Tomás comprendió que había que dirigir a los chivos de vuelta al corral.

Gritando e inventando frases —que al cabo nadie le entendía— logró hacer que los animales se quedaran encerrados.

La abuela de Clemente ya iba sendero abajo, encorvada y cargando sobre la espalda la enorme canasta, que se había amarrado con un rebozo.

Tomás se sintió mal de no poder ayudar. Sabía que no aguantaría ni la quinta parte de esa carga.

"La abuela, que segurito tiene casi 100 años, es más joven y fuerte que yo, que apenas tengo nueve", pensó Tomás, y se prometió volver cuando ya fuera un hombre, para cargar todas las canastas de leña del pueblo.

Así que cuando llegaron a casa, Tomás se sintió muy contento de ayudar a moler el maíz para preparar el nixtamal.

Clemente lo encontró aprendiendo a tortear la masa, con la cara enrojecida por el calor del brasero.

# XXVI

Los festejos del santo patrono comenzaron dos días antes de la fecha exacta.

Clemente les explicó que en realidad, la fiesta duraba una semana, para dar tiempo a todas las comunidades vecinas de asistir y compartir con ellos.

Tomás se dio cuenta de que el pueblo era la casa de todos. No había que tocar puerta alguna, pues todas estaban abiertas y en todos lados eran bienvenidos.

Bastaba tener hambre para acudir a La Casa del Pueblo, servirse un buen plato de asado, tomar unas tortillas recién hechas y sentarse en cualquiera de las sillas colocadas junto a larguísimas mesas.

Desde la madrugada, varias mujeres se turnaban para que siempre hubiera comida caliente y platos limpios para todos.

—Es su "cargo"—le recordó Clemente.

Podría platicar con quien le tocara junto y todos tenían algo qué preguntarle. Aunque muchos no hablaban español, siempre había alguien dispuesto a traducir preguntas y respuestas.

Clemente lo llevó hasta la punta de otro cerro, desde donde podía verse el pequeño poblado.

Tomás se sintió por primera vez chiquito en un mundo tan grande. Eso nunca le había pasado en Los Ángeles o en la Ciudad de México.

En Itzachi los espacios eran tan grandes, había tanta tierra y tanto cielo libres, que ni modo de creerse los reyes del universo.

Le dieron ganas de llorar de pura emoción, aunque le daba miedo que lo consideraran telenovelero, justo la peor ofensa que podía hacerle a Alina, su hermana.

Bastó un día para que Tomás se sintiera en casa. Del profesor Santiago, ni hablar: cuando no estaba ayudando a don Cipriano con la instalación de la antena, se le encontraba discutiendo sobre la vida, los

dioses, la creación y el mundo con los ancianos.

El día 6 de enero todo estaba listo.

Y entonces Tomás entendió para qué serviría una tarima que había sido colocada justo junto a la entrada de la iglesia.

La *Comedia del arte* estaba por empezar.

## XXVII

—Es un teatro —dijo Tomás, como si hubiera descubierto el hilo negro o el caldo de pollo en cubitos.

Y sí, sobre la tarima, varios hombres actuaban y hacían reír con sus comentarios a los espectadores. Todo el pueblo estaba ahí.

Aunque todos eran hombres, algunos estaban vestidos de mujer, con pelucas muy exageradas y las caras pintadas.

El profesor y su hijo no entendían una sola palabra, aunque de vez en cuando alguien se acercaba para traducirles.

Fue un hombre joven, que recién había llegado, quien les fue explicando de qué se trataba.

*La Comedia* se había representado en el pueblo desde los tiempos del abuelo del abuelo del abuelo del abuelo de Clemente. En resumen, nadie sabía cuándo exactamente se había iniciado, pero el caso es que todos los años se celebraba el mismo día.

—¿Y qué tanto dicen? —preguntó Tomás desesperado de estarse perdiendo el chiste.

El joven les dijo que los actores hablaban de la creación del mundo, de los dioses que habían formado la tierra, los animales y el hombre.

Y actuando, iban platicando toda la historia del pueblo y de los zapotecas: de cómo habían vivido y sobrevivido, de la conquista de los españoles, de la llegada de la iglesia católica, de la migración al otro lado.

—Y lo más divertido —dijo el hombre—, resulta que van narrando lo que está pasando actualmente con cada uno de los habitantes del pueblo, estén donde estén.

—¿Cómo? —intervino el profesor—. ¿Platican por ejemplo de don Cipriano y los que están en Los Ángeles?

—Claro, de todos, es su manera de saber cómo están y qué hacen, quién se casó con quién o quién va mal en la escuela —respondió el hombre.

"El chisme ambulante", pensó Tomás.

—Es un periódico, sólo que hablado y con puras noticias del pueblo —dijo el joven.

Clemente encontró a su amigo intentando descifrar alguna de las frases y comenzó a explicarle qué era *La Comedia*.

—Ya nos dijo el señor —interrumpió Tomás, haciéndose el muy independiente.

—Ah, es Damián, el sacerdote —dijo Clemente.

El profesor Santiago se quedó impresionado, un sacerdote católico les había explicado la creación del mundo de acuerdo con lo que los zapotecas pensaban.

—Claro —le explicó Clemente—. Él también es zapoteco, y las dos cosas se acomodan muy bien, aunque haya algunos que aún no lo han entendido.

Después de dos horas de teatro, Tomás se empezó a poner un poco nervioso, pero no quería perderse el final.

—Olvídalo, Tomás —le dijo su amigo—. *La Comedia* dura todo el día, y no termina hasta que el sol se pone.

Así que contemplaron un rato las danzas típicas, con máscaras y bastones, jugaron a ser los jefes de una tribu y hasta buscaron tesoros por el arroyo.

De vez en cuando, Clemente tenía que desaparecer un rato, pues le llegaba el turno de tocar la trompeta con la banda del pueblo.

Lo que realmente quería Tomás era que anocheciera para echar a andar el radio.

El gran evento estaba anunciado para después de la fiesta de la candela.

# XXVIII

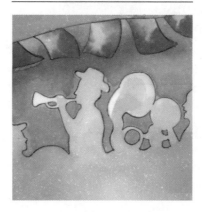

La fiesta de la candela consistía en encender unas largas velas blancas y caminar en procesión por diferentes puntos del pueblo.

Era impresionante: todo el pueblo estaba a oscuras y desde lejos, seguro que sólo podía verse una larga fila de luz que se ondulaba de un lado al otro. Como una víbora de fuego.

Al tiempo que caminaban, los habitantes del pueblo y sus visitantes iban cantando, y en cada punto en que paraban, alguno decía unas palabras.

A Tomás ya no le importaba no entender "ni zoca", como decía su padre. O "ni papa", como diría él. Se trataba más de un sentimiento.

"Y yo lo estoy sintiendo", se dijo.

Al terminar la procesión, se encaminaron todos hacia la casa de la abuela. La habían adornado con papel picado blanco y con unos listones hechos de popote y flores de plástico.

Junto a la casa, la gigantesca antena se erguía como un monumento que, la verdad, no venía mucho al caso. También la habían decorado con listones, aunque sólo sus dos primeros metros de altura.

Era la hora convenida. En ese mismo momento, los integrantes de La Corporación en Los Ángeles estarían esperando desde la "base" del otro lado.

Tomás se escurrió hasta la primera fila junto a Clemente.

Y entonces, don Cipriano encendió el aparato. Lucecitas verdes y rojas se prendieron en el tablero.

Se oyó un murmullo. Los que podían ver, explicaban a los de más atrás todo lo que estaba pasando.

Don Cipriano movió el botón central para encontrar la frecuencia. Y dijo en zapoteco:

—Aquí, cordiales desde Itzachi, habla el *Amigo Solitario*.

Se oyó mucho ruido, como si hubiera interferencia. Cuando Tomás estaba a punto de decepcionarse, de la radio salió otra voz. Clemente le tradujo:

—Se escucha bien, paisano, aquí *la Paloma Serena*.

¡Era la tía Benita!

Tomás reconoció la voz, aunque no hubiera entendido el mensaje.

Don Cipriano subió el volumen para que todos escucharan. Todos querían hablar y mandar saludos, así que se fueron turnando al micrófono y en cada frase, estallaba una carcajada general.

—No son chistes, Tomás —dijo Clemente—. Es que estamos felices.

Pero Tomás ya ni lo estaba escuchando. Se reía cuando levantaba el coro de carcajadas y hacía lo posible porque no se le saliera el lagrimón de la emoción.

No cabía duda de que la felicidad era contagiosa.

A las dos de la mañana, cuando prácticamente todos habían hablado, se apagó el radio.

—Misión cumplida —suspiró Clemente—. De ahora en adelante, se acabaron las caminatas hasta el teléfono y además... es gratis.

Tomás ya estaba pensando en las posibilidades que tendría internet para Itzachi. Aunque claro, tendría que esperar a que conectaran el teléfono en la zona, ¿o se podía también con un satélite? Le preguntaría a su padre durante el viaje de regreso.

El profesor y su hijo se durmieron de inmediato. Había sido un largo día y tendrían que madrugar para salir a la Ciudad de México.

## XXIX

Tomás y Clemente pasearon todavía un rato para despedirse. Eligieron la punta del cerro y así ver Itzachi desde lo alto.

Esta vez casi no dijeron nada. No tenían nada que decir. Sólo sentir.

Cuando regresaban, Clemente le pidió a su amigo que entregara un paquete a su regreso a Los Ángeles.

—¿Y qué? ¿A poco ya no vas a regresar "al otro lado" o qué? —le dijo Tomás, sorprendido, y las palabras le salieron medio atropelladas.

Clemente le explicó que su familia había decidido quedarse una semana más, aunque perdiera unos días de clases.

—Es sólo que la gente de La Corporación en Los Ángeles ya quiere ver los videos —le dijo sacando de la bolsa unos seis cartuchos.

Clemente había estado grabando todas las partes de la fiesta, hasta *La Comedia* con su cámara nueva.

—¡Por supuesto que los llevo! Estarán muy contentos de ver lo que pasó —dijo Tomás.

—No sólo eso —le dijo Clemente—. Eso les dará oportunidad de ver cómo van las cosas por acá y poder decidir mejor qué es lo que tenemos que hacer. Además, es como parte de nuestra historia, lo mismo que *La Comedia del arte.*

Tomás comprendió algo que se le había escapado hasta entonces. Los zapotecas usaban la tecnología para mantener vivo y unido al pueblo y no sólo como entretenimiento.

Entonces se sintió muy orgulloso de ser "el mensajero de los zapotecas". Eso le quitaba un poco la tristeza de tener que partir y dejar a su amigo, aunque sólo fuera por unos días.

Desde la ventana del autobús que los llevaría de regreso a Oaxaca, Tomás contempló con nostalgia los pueblos esparcidos por la sierra.

Se sintió muy afortunado de tener como amigo a Clemente, y supo que difícilmente lo habría conocido, si no hubiera sido por unos tacos de cochinita pibil.

Esta obra se terminó de imprimir
en octubre del 2000 en los talleres de
Compañía Editorial Ultra, S.A. de C.V.
Centeno 162 Local 2
Col. Granjas Esmeralda
Delegación Iztapalapa
México, D.F.

El tiraje consta de 10,000 ejemplares
más sobrantes de reposición.